ÉPITRE

AUX PARISIENS.

IMPRIMERIE DE A. FIRMIN DIDOT,
RUE JACOB, N° 24.

ÉPITRE

AUX PARISIENS,

AVEC DES NOTES HISTORIQUES

CONTENANT

TOUS LES FAITS QUI SE SONT PASSÉS DANS LES
JOURNÉES A JAMAIS MÉMORABLES

DES 26, 27, 28 ET 29 JUILLET 1830.

PAR A. C. G.....

Cette épître a pour objet de peindre l'horreur des massacres de juillet 1830
et l'heureux succès qui en est résulté pour les Français.

A PARIS,

CHEZ LES MARCHANDS DE NOUVEAUTÉS.

1830.

ÉPITRE

AUX PARISIENS,

CONTENANT

TOUS LES FAITS QUI SE SONT PASSÉS DANS LES
JOURNÉES A JAMAIS MÉMORABLES

DES 26, 27, 28 ET 29 JUILLET 1830.

Où sommes-nous, grand Dieu! quel démon sur la terre
Souffle dans tous les cœurs et le trouble et la guerre!
Depuis trois jours complets les plus funestes cris
Prouvent l'état affreux où nous sommes réduits;
Les tocsins, les canons se font partout entendre;
Paris va devenir un vaste amas de cendre :
Qui causa ces malheurs? c'est Charles, notre Roi,
Avec ses conseillers destructeurs de la loi.
Mais des Parisiens l'étonnante vaillance
Mit un terme à nos maux et sut sauver la France.
Honneur à leur bravoure! en chantant leurs succès,
Comme frères pleurons leurs ennemis défaits.
Ma muse dans ce jour, d'un ton patriotique,
Loin d'aller sans raison parler de république,
De l'empire des faits, du grand Napoléon,

Des règnes de Louis et du dernier Bourbon,
Du peuple le plus doux vantera l'allégresse,
De son heureux séjour la doucereuse ivresse;
Son zèle industrieux, sa constante gaîté,
Sa bonté, ses travaux et sa légèreté;
Du soir au lendemain l'étrange différence
Fixera mon récit et le sort de la France.
Bon peuple, va goûter un paisible sommeil,
Les malheurs les plus grands vont t'attendre au réveil.

Du dimanche mes yeux parcourant la journée,
Voyent couples nombreux, présages d'hyménée,
Traverser routes, champs, les vastes Boulevards,
Entre eux, bourgeois, soldats ont mutuels égards;
De leurs ris, de leurs chants, de leurs danses nouvelles
Un chacun s'entretient, sans rixe et sans querelles;
On se quitte content, en se pressant la main,
On se dit un adieu jusques au lendemain.
De toutes parts on voit l'allégresse complète;
En France c'est ainsi qu'est du peuple la fête.

Le *lundi* (26), triste, l'air morne et silencieux
Annonçait le désordre et faits miraculeux.
Par groupes on s'unit, on parle de mystères,
Que le sage repousse et traite de chimères.
Mais le chef de l'État vient de rompre le *lien*

Qui l'unit à son peuple et l'affranchit du *sien ;*
La Charte des Français vient d'être violée,
La presse par son ordre est aussi muselée :
Les choix des Électeurs sont changés par le Roi,
Il fait pour les détruire une nouvelle loi [1].

Plus de réunion, l'assemblée est dissoute,
De l'espoir du bonheur cette loi nous déboute ;
L'absolu, le ministre avec le faux prélat,
Arrachent au Monarque un affreux coup d'État.
Sans parler à présent du Prélat et du prêtre
Que des actes affreux ont assez fait connaître,
Congréganiste, noble et prêtre et sacristain,
Avaient, au nom de Dieu, protégé ce dessein,
Préférant éviter, en fuyant le tumulte,
L'orgueilleux sacrilége et l'inutile insulte.
On a vu que le prêtre, en mainte occasion,
Causa de grands malheurs par indiscret sermon ;
Du Roi les Conseillers [2] étaient en évidence,

[1] Ordonnance du Roi du 25 juillet 1830, qui abolit la liberté de la presse, dissout la Chambre des Députés, ordonne un nouveau mode d'élections et écarte un grand nombre d'Électeurs pour avoir une Chambre selon son désir.

[2] Ministres du Roi, Polignac, Monthel, d'Haussez, Chantelauze, de Peyronnet, Guernon-Ranville, Capelle et Bourmont ; ce dernier est à Alger, le général Clausel est parti pour le remplacer.

Raguse avec les siens crut enchaîner la France ;
La mitraille devait punir tous les Français
Qui voudraient s'opposer à leurs cruels forfaits.

Dès le *mardi matin* (27), et du peuple en silence
La foule se grossit ; aussitôt il s'élance,
Se divise en tous points, partout on voit brisés
Les emblèmes royaux ; ils sont foulés aux pieds ;
On ne laisse en entier pas un seul réverbère,
Tout fléchit sous l'élan de sa juste colère ;
Le soldat n'étant plus tranquille spectateur,
Obéit et fait feu sur son frère et sa sœur [1] ;
La multitude alors oppose résistance,
Son arme est une pierre, elle sert sa vengeance ;
On court de tous côtés, et le nombre grossit,
Un feu vif et roulant dure jusqu'à la nuit :
Il donne aux assaillants un succès provisoire [2] ;
Le courage aux vaincus assure la victoire ;
Armés d'hallebardes, pistolets ou fusils,
Le mercredi matin (28), ils s'avancent aux cris
Vive la liberté, la Charte est violée ;
Mort au Roi qui l'enfreint, après l'avoir jurée.

[1] Le feu a commencé le mardi 27 à 4 heures après-midi.

[2] Le Roi et toute la Cour, ses Ministres, etc., étaient à Saint-Cloud. Le mardi soir on y annonça la victoire sur le peuple.

Le mousquet, le canon, la mort, d'injustes lois,
N'ébranlent point le peuple; il est fort de ses droits,
Ils sont tous dans la Charte; il saura la défendre,
Et punir l'infracteur qui voudrait la reprendre.
Sur tous points on se bat avec acharnement;
Postes, canons sont pris et repris à l'instant
Aux cris vive la Charte; et malgré le carnage,
Chacun des combattants ne suit que son courage;
Les rangs, quoique éclaircis, sitôt sont remplacés,
Et postes et canons sont enfin conservés[1].
Dans le temps des combats, les rues dépavées
Sont par les habitants partout barricadées;
Les arbres, abattus dans tous les Boulevards,
Sont jetés pêle-mêle et servent de remparts;
Les toits sont découverts, les tuiles sont ôtées,
On découvre parfois jusques aux cheminées;
Ces moyens rendent nuls tous les nouveaux secours,
De l'orage royal ils arrêtent le cours.
Les tuiles, les pavés placés sur les étages,
Pleuvent sur les soldats à leurs fréquents passages,
Et dans plusieurs combats, frappant l'ame d'horreur,
O souvenir affreux! des chefs, pleins de fureur,
Avant l'heure fatale ont rompu l'armistice;

[1] Des canons et le poste de l'Hôtel-de-Ville ont été trois fois
pris et repris : le peuple a fait des prodiges de valeur.

Par une trahison dont Marmont fut complice [1],

Des braves sont occis en prenant du repos;

Chacun des combattants devenant un héros,

Armé d'un fer vengeur fait mordre la poussière

A ces vils assassins; si cette heure dernière

Fut terrible pour eux, la faute en fut au Roi

Auquel on fit trahir serment et bonne foi.

Eh quoi! fraterniser, dire que paix soit faite,

Soyons toujours unis, ensemble faisons fête,

Et dans le même instant, en avançant sur nous,

Assaillir son rival de ses funestes coups,

Le percer quand il est sans nulle défiance;

Un si perfide trait nous fait crier vengeance [2];

Soudain, femmes, vieillards, veulent tous concourir

Au maintien de leurs droits, ou préfèrant mourir.

Le soldat est frappé malgré sa résistance;

Le peuple le punit: il ne fait point d'offense

Il conserve respect à la propriété,

Il sait qu'il ne combat que pour sa liberté.

Mais quels combats, grand Dieu! le fils frappe son père,

[1] Un sursis avait été convenu pour enlever les blessés et les morts, mais les soldats l'ont rompu avant l'heure convenue, sans prévenir.

[2] Dans plusieurs rencontres, les soldats ont pris la main du peuple en lui disant: «C'est fini, soyez rassuré, nous allons rentrer;» puis tout à coup se tournant, ont fait feu sur lui.

Dans son délire affreux il immole sa mère;
Plus d'amis, plus d'égards, les pleurs sont superflus,
Le désordre est complet, on ne se connaît plus...
Le malheur est affreux, tous les coups sont terribles,
Et partout on défait ceux qu'on nomme *invincibles* [1].
Du matin jusqu'au soir on sonne le bourdon;
Fusillades, tocsins, ainsi que le canon,
Avaient produit partout un bruit épouvantable,
L'ouvrage de ce jour était incomparable;
Le peuple néanmoins, incertain de son sort,
Devait pour s'assurer faire un nouvel effort :
Enfin *jeudi* parut (29), cette grande journée
Du peuple de Paris fixa la destinée,
Et celle en même temps de tous les vrais Français,
Dont elle assure aussi le bonheur à jamais;
Des armes des vaincus distribution faite
A ce peuple annonçait la victoire complète;
L'habitant des faubourgs, aux combats préparé,
Va chercher l'ennemi qui s'était retiré
A Babylone [2], au Louvre et même aux Tuileries;
Là de nouveaux combats et d'autres boucheries
Allaient encor verser le sang des bons Français;
Rien ne coûte à leur cœur pour punir des forfaits :

[1] Les officiers de la Garde, les Gendarmes et les Suisses, se disaient invincibles.

[2] Caserne des Suisses.

L'École-Militaire en vain fait résistance,
Des fous veulent donner des chaînes à la France;
On s'avance sans chefs, qui ce jour sont trouvés[1] ;
Les soldats sont vaincus, tous les postes forcés :
La population a marché toute entière,
Sans craindre des canons la bouche meurtrière;
Sur les soldats trompés d'un tyran orgueilleux
On frappe, et l'on détruit cet essaim monstrueux.
On force les châteaux du Monarque parjure;
En purgeant le pays de cette branche impure,
Tandis qu'un peloton s'empare d'un palais,
L'autre impose aux soldats silence pour jamais;
Rien ne peut résister à la force, au courage
Du peuple électrisé qui craint pour son ouvrage;
Et si des combattants grand nombre est massacré,
Du moins la France est libre et son sort assuré [2].

Le peuple en combattant fit noble résistance,

[1] Le jeudi au matin, l'école Polytechnique se mit à la tête du peuple, lui donna des guides et des plans. L'École de Droit et celle de Médecine ont aussi rendu de très-grands services et ont beaucoup contribué à la victoire.

[2] Le jeudi à 4 heures de l'après-midi, on était maître de tous les postes, de la caserne de Babylone, de l'École-Militaire et de toutes les autres casernes, du Louvre et des Tuileries. On évalue le nombre des morts et blessés, ou décédés par suite de saisissement, à environ quinze mille ames.

Honneur soit au Français, honneur soit à la France :
De son vrai caractère on reste convaincu,
Lorsque après le combat il secourt le vaincu.
De tout noble Français voilà le caractère,
Tout autre le dégrade et n'est dû qu'au vulgaire ;
S'il est fier, s'il est grand, courageux au combat,
Il plaint son ennemi, le sauve du trépas ;
Tel est du Tiers-État la classe méprisée,
Qui sera désormais justement honorée :
Le vrai noble n'est point cet arrogant Baron,
Dont les aïeux singeaient les Cosaques du Don [1] ;
Tuant et dépouillant ceux qui faisaient naufrage,
Par droit cédé du Roi, par un coupable usage [2].
Après tant de combats on forme mêmes vœux,
On a soin des blessés ; on panse même ceux

[1] Les Cosaques du Don sont, comme tous les corps francs, pillards et voleurs ; l'Empereur de Russie les emploie comme tirailleurs dans ses armées, ils lui sont d'une grande utilité. Ils ne sont pas soldés.

[2] Lorsqu'un bâtiment faisait naufrage ou venait échouer sur la côte de France, les équipages étaient massacrés, et les Seigneurs riverains de la mer s'emparaient de leurs bâtiments et de leurs marchandises ; malgré les efforts de quelques Souverains pour mettre un terme à cette exécrable coutume, qui dépendait du droit de varech, que le Roi avait cédé aux Seigneurs des côtes de la mer, fut définitement aboli par l'ordonnance de Louis XIV, de 1681. Cette barbarie, commune aux autres nations voisines de la mer, a été généralement abolie.

Qui furent ennemis, sans nulle préférence;
Les morts sont enterrés, n'importe la croyance;
Tous les soins sont communs dans ce grand jour de deuil,
Aucun n'est distingué par tente et par cercueil[1];
Pendant ces soins pieux, ces tristes funérailles,
Les trois couleurs paraient les tours et les murailles,
Leurs emblèmes flottaient en remplaçant les lis,
Et du peuple, par-là, tous les vœux sont remplis.
Tous les départements suivent la capitale[2],
Ils agissent comme elle, et leur cause est égale...
Ils vont encourager les preux Parisiens,
Partager leurs dangers....En braves citoyens,
Leurs habitants nombreux arrivent dans *Lutèce*,
Ils volent au combat, même besoin les presse,

---

[1] Comme il manquait des voitures pour emporter les morts, beaucoup ont été enterrés dans des rues et sur des places publiques où le nombre était considérable; beaucoup ont aussi été jetés dans la Seine. D'autres jetés dans des barques et transportés près de la barrière de la Cunette, y ont été enterrés au nombre d'environ 1950.

[2] Aussitôt que la nouvelle de l'élan et du courage des Parisiens est parvenue hors des murs de la Capitale, tous les citoyens ont spontanément pris les armes et se sont constitués en gardes nationales.

Celles des environs de Paris ont rendu des services, et celles des villes voisines comme de Rouen, Bolbec, le Havre, etc., sont aussitôt accourues au secours des droits menacés. Bientôt on aurait vu 200,000 citoyens sous les murs de Paris.

Ils se trouvent partout.... le Roi fuit détesté,
Et laisse les Français en pleine liberté [1].

L'ancien gouvernement n'étant plus qu'à l'histoire,
On en forme soudain un autre provisoire,
Pour sûreté de l'ordre on prend le seul moyen,
Son chef est, quoique Altesse, un parfait citoyen,
Il est, en attendant, Gouverneur de la France.
Paris à Lafayette en donnant préférence,
S'applaudit de son choix ; enfin nos Députés [2]
S'assemblent au jour dit, et quatre jours après,

[1] Le Roi et sa famille sont partis de Saint-Cloud pour Rambouillet, et de là se sont rendus à petites journées à Cherbourg.

Le général Dubourg se montra le premier : il prit quelques dispositions dictées par la prudence, mais une entorse l'obligea à quitter le service à l'apparition du général Lafayette.

[2] Pendant que le peuple se battait avec une énergie inexprimable, les Députés, alors à Paris, se réunirent chez M. Jacques Laffitte, député, protestèrent contre l'ordonnance du Roi du 25 juillet. D'autres honorables habitants se joignirent à eux, créèrent ensemble une administration et un gouvernement provisoire, supplièrent S. A. R. le duc d'Orléans d'accepter la Lieutenance-Générale du Royaume. Le général Lafayette accepta pour la seconde fois le commandement de la Garde-Nationale ; son fils Georges fut son aide-de-camp.

Cette nouvelle répandue sur tous les points de la capitale parmi les habitants, électrisa les courages, et rien ne put résister à leurs efforts ; chaque individu était un héros.

Un Roi nous fut donné [1], la Charte est octroyée [2],
La France en quelques jours se voit régénérée.
Charles part emmenant jusqu'au dernier Bourbon,
De cette tige antique il n'est plus que le nom.

Ainsi se termina l'œuvre jésuitique,
Avec elle entraînant la fausse politique.
Si Charles avait eu ministère éclairé,
Il régnerait encore et serait révéré.

O vous, mon Souverain, fuyez la flatterie;
C'est un guide pervers qui mène à l'infamie.
L'homme franc fait le bien, agit sans nuls détours,
Méprise les flatteurs et tous leurs alentours.
Pardonnez, ô mon Roi, cette austère franchise,
D'un libre et saint transport mon ame fut éprise;
Pour un Roi citoyen j'adresse au ciel les vœux
Qu'il gouverne en bon père et qu'il nous rende heureux.

[1] Son Altesse Royale le duc d'Orléans fut nommé Roi le 7 août par l'assemblée des Députés; ce choix fut approuvé par la chambre des Pairs et par les acclamations universelles du peuple, et le fut également dans tous les départements. Il est digne du trône; c'est un homme franc et loyal, sans ostentation, vivant au milieu des siens, en un mot c'est un bon père de famille qui a fait élever ses enfants dans les colléges publics, sans les distinguer des autres élèves.

[2] La Charte nouvelle est dictée de manière que les citoyens conservent leurs droits. Elle est confiée au patriotisme et au courage des gardes nationales et à tous les citoyens français.